Luigi Magrini

Descrizione di un nuovo tagliafoglie pei bachi

Antigonos

Luigi Magrini

Descrizione di un nuovo tagliafoglie pei bachi

Ristampa immutata dell'edizione originale del 1836.

1ª edizione 2024 | ISBN: 978-3-38666-997-9

Antigonos Verlag è un marchio della Outlook Verlagsgesellschaft mbH.

Verlag (Editore): Outlook Verlag GmbH, Zeilweg 44, 60439 Frankfurt, Deutschland
Vertretungsberechtigt (Rappresentante autorizzato): E. Roepke, Zeilweg 44, 60439 Frankfurt, Deutschland
Druck (Tipografia): Libri Plureos GmbH, Friedensallee 273, 22763 Hamburg, Deutschland

DESCRIZIONE

DI

UN NUOVO TAGLIA-FOGLIE

PEI BACHI DA SETA

PREMIATO DAL CES. REGIO ISTITUTO IN VENEZIA

IMMAGINATO

DA LUIGI DOTT. MAGRINI

ASSISTENTE ALLA SCUOLA DI FISICA

NELL'IMPERIALE REGIA UNIVERSITÀ DI PADOVA

PRECEDUTA

DA ALCUNE OSSERVAZIONI SULLA UTILITÀ DELLA PRATICA

DI TAGLIARE LA FOGLIA DEI GELSI

PER L'ALIMENTO DEI BACHI

CON UNA TAVOLA IN RAME

PADOVA

COI TIPI DELLA MINERVA

1836

ESTRATTO

Del giudizio emesso nel giorno 29 Settembre 1833 dalla Commissione dell' Imperiale Regio Istituto in Venezia sul Taglia—foglie pei bachi da seta, proposto da LUIGI Dott. MAGRINI *di Padova.*

Nel ben condotto governo dei filugelli riesce indispensabile il tritar della foglia del gelso e per la più giusta distribuzione sui tavolacci, e per la economia dell'alimento che si sparge. Poca riesce la faccenda del taglio alle prime età del baco, ma lunga e gravissima diventa in appresso: onde la meccanica dovea ajutare l'opera delle mani, perchè il taglio seguisse sollecito in grandi quantità. Gli stromenti fin qui immaginati o prestavano opera scarsissima, o rendevano il taglio disuguale, o compromettevano la mano dell'operatore contro il tagliente. Il trinciatojo proposto dal Magrini soddisfa a tutti i bisogni richiesti, come varrà anco ad altri ufficii dell'agricoltura e della pastorizia.

La educazione dei filugelli, forse l'unica sorgente delle nostre poche ricchezze, si considerava, non ha guari, in queste Venete Provincie quasi una femminile faccenda, anzichè l'oggetto delle cure più indefesse dei proprietarii, e delle più accurate osservazioni dei naturalisti, ai quali incombe di soccorrere coi loro lumi la numerosa classe che della sola pratica può occuparsi. Checchè si dica sulla naturale costituzione del baco, che mantiensi fortissima ad onta dei replicati colpi della ignoranza e dell'errore, è fuor di dubbio che là dove si segue una cieca pratica inceppata da erronee prevenzioni, piuttostochè un'arte fondata su principii ed ordinata con ben dedotti precetti, incerto e scarso dee risultarne il prodotto tutte le volte che non vi si gettasse invano spese e fatiche.

Non è già mio divisamento far qui parola delle regole di un buon governo nei bachi da seta; io intendo solo far di pubblica ragione un mio semplice congegno per tagliare la foglia che dee servire di alimento all'industrioso vermicello. Sarei ben contento se fossi pervenuto ad aggiugnere qualche giovamento alla industria nazionale rispetto al più ricco ramo di prodotti che il bel cielo d'Italia accorda a' suoi abitatori.

6

I bachi per singolare istinto non abbandonano mai, per quanto sieno fitti, il luogo in cui vengono deposti, fossero pur anche affamati. Non è che al momento del loro nascere, prima d'incontrarsi nella foglia, o quando si sentono gravati da qualche malattia, o quando giunti alla maturità non sono stimolati che dal bisogno di versare il prezioso prodotto, che prendono le mosse, e vanno errando dall'una all'altra estremità del graticcio. Tranne questi casi, si può asserire essere ben pochi i bachi che in tutta la loro vita abbiano percorso dieci spanne di cammino.

Ora nel somministrare la foglia ai bachi deesi por mente a questa loro immobilità, affinchè nello stato attuale di domesticità venga il meno possibile contrariata la loro natura.

D'altronde una delle più utili attenzioni in quest'arte con buono avvedimento esercitata si è di ottenere dalla minore quantità di foglia la maggior copia di ottimi bozzoli. Chi è ricco di foglia, può con una saggia economia esserlo anche di bozzoli, evitando quello scialacquo che si osserva in varie bigattiere, ove per servire ciecamente alle antiche costumanze si consuma una terza o quarta parte di più del necessario, per cui oltre la perdita della foglia ne conseguono molti altri inconvenienti, di cui si parlerà in appresso.

La pratica di tagliare la foglia, per indi svolgerla e leggermente distribuirla sui bachi, è una pratica di sommo vantaggio, quella che concorre a soddisfare le premesse condizioni.

Diffatti tutti i tagli che si fanno alla foglia moltiplicano i contorni umidi a cui si attaccano i piccoli bachi, e poche once di foglia presentano nelle prime età tanti lati freschi e tanti orli che bastano a varie migliaja di buccuzze. Una quantità di foglia dieci volte maggiore non finamente tagliata, non potrebbe servire a sì sterminato numero di minutissimi bachi, i quali hanno tutti bisogno di trovare in piccolissimo spazio e nel tempo stesso di che mangiare comodamente. La foglia a ramicelli non viene così tosto attaccata da ogni lato, ed appassisce prima di essere intieramente mangiata. Il filugello rifiutando la porzione appassita, l'abbandona sul graticcio, e dopo alcuni pasti costringe il coltivatore a mutargli un letto, che oltre misura ingrossato, subbollisce e fermenta con grave suo pericolo.

Di più colla foglia non tagliata alcuni bachi alimentandosi o poco o male in confronto di altri, ne deriva una differenza notabile nel loro sviluppo, e alla ineguaglianza di nutrizione succede ineguaglianza di tempo nel loro assopirsi; e quindi sullo stesso graticcio fatalmente si scorgono bachi che dormono, bachi destati, e bachi che devono ancora mangiare per assopirsi. La foglia tagliata all'incontro, in ogni età del baco leggermente distribuita, meglio si presta ai vivi bisogni, ai rapidi piaceri del viver suo, e tanto più presto e con più di vigore percorre e divora la sua vita.

Non è per far eco alle altrui sperienze, e per riferire solo quanto il Dandolo ed altri moderni coltivatori trovarono in proposito, ma bensì anche per rendere noti i risultamenti di alcune mie sperienze, che io divisai dire una parola sulla utilità del metodo di somministrare ai bachi foglia tagliata.

Negli anni 1832, 1833 e 1834 adempiendo all'incarico di sistemare alcune bigattiere padronali e dirigerne l'andamento, mi accadde di rilevare che la foglia impiegata nelle bigattiere coloniche, ove seguironsi le antiche consuetudini, eccedette in peso $\frac{3}{11}$ circa di quella consumata nelle padronali in parità di circostanze.

Eppure uno stuolo di contadini e di proprietarii men dotti non cessano di gridare, che senza scrupoleggiare cotanto sonosi sempre raccolti dei bozzoli, e che non sarà per mancarne giammai. Così è, che tutti coloro i quali fondano molto sopra certi felici azzardi, si lusingano poi di un'ottima riuscita, quando anche tutto si faccia al contrario delle buone regole e della fisica. Mi è stato detto più volte fino alla noja, come taluni allevano con buon successo i loro bachi in mezzo ad un calore ardentissimo, soffocato, senza ventilazione, senza mutare mai letto, e non già colla foglia tagliata, ma coi rami interi; non mi fu però mai risposto se con questo metodo *si abbia otte-nuto dalla minore quantità di foglia la maggior co-pia di ottimi bozzoli.*

Nulladimeno vi è poco a crucciarsi di queste ed altre simili stranezze, che se per caso una vol-ta riescono, mille altre dappoi falliscono; mentre la natura non suole mai deviare da' suoi principii, e conserva immutabile le sue leggi nell'atto stesso in cui alle volte fa mostra di violarle.

Frattanto intere Provincie applaudirono al nuo-vo sistema, e il tagliare la foglia è divenuto un og-getto di somma importanza, e che merita l'atten-zione più assidua del coltivatore.

Gli stromenti finora immaginati per tagliare la foglia nelle differenti epoche sono: il *coltello a punta,* il *trinciatojo doppio arcuato* [1], il *trinciatojo del Dandolo,* e il *grande trinciatojo* [2] descritto e delineato in una recentissima Operetta del Prof. Ciro Pollini.

Se non che il beneficio della foglia tagliata con sì fatti stromenti viene in gran parte scemato

----

[1] Si ripassa più volte sopra la foglia tagliata col col-tello, e si viene così a moltiplicarne gli orli: non si usa che nelle due prime età.

[2] Questi due trinciatoi si impiegano dopo la terza muta; tagliano grossamente la foglia che in poca quan-tità viene presentata dalla mano sinistra ad ogni colpo di falce; sono simili a quello con cui si trincia comunemente la paglia.

dalle fastidiose cure della operazione medesima, e più ancora dalla perdita di preziosissima cosa, il tempo.

In una bigattiera di dodici once di semente fino alla terza muta si consumano all'incirca 2700 libbre della nostra foglia. Per tagliarla minutissima basteranno appena 130 ore di lavoro. Dalla terza muta fino alla compiuta maturità si consumano altre 11000 libbre; e per tagliarla col grande trinciatojo richiedonsi almeno 170 ore: sono in complesso N.° 300 ore circa di lavoro.

Altro grave discapito si è quello di non poter distribuire la foglia appena tagliata e cogli orli ancora freschi, perchè i consueti trinciatoi non sono atti a somministrare in breve tempo tanta copia di foglia, quanta richiedesi ad ogni pasto della nostra bigattiera.

Per riparare a tutti questi inconvenienti ecco la mia semplice macchinetta.

Avvi una custodia di noce aperta superiormente, lunga metri 0.775, larga metri 0.25, alta metri 0.25, compresa la grossezza del legno, sostenuta da quattro gambe di morale abete all'altezza di metri 0.60. Essa viene rappresentata nella sezione pel senso della lunghezza dalla *Fig. I.* colle lettere *L M R D.*

La parte anteriore *L D* si apre a volontà sollevando il piccolo serramento *A B C D* (*Fig. II.*) mobile in grazia delle due cerniere di ferro *a, b;*

e si chiude introducendo l'uncino *u* nell'anello *z* sottoposto alla custodia.

In sì fatta custodia si è praticata una cavità quadrilunga *A B C D* (*Fig. I.*), lunga metri 0.43, alta metri 0.18, chiusa nella parte anteriore dal predetto serramento *A B C D* (*Fig. II.*).

Per caricare la macchina s'innalza il coperchio di noce *A B* (*Fig. I.*), mobile sopra due fulcri di ferro fissi alle pareti longitudinali della custodia, uno dei quali viene indicato per $\dot{x}$, e vi si depone tanta quantità di foglia mondata, quanta ve ne può essere contenuta, stendendola uniformemente, e comprimendola a tutta forza col coperchio *A B*, finchè lo stesso coperchio possa rimettersi nella primitiva posizione, e chiudersi mediante crozzola *F* e catenaccetto *S T*, i cui estremi vanno a fissarsi in opposte fenditure praticate nelle pareti longitudinali della custodia. La detta cavità è capace di libbre grosse padovane ventidue circa di foglia mondata.

Caricata la macchina, se ne apre la parte anteriore sollevando il serramento *A B C D*, come si è detto (*Fig. II.*); ed una falce *F E* mobile intorno ad un punto fisso *M* può passarle radendo dinanzi [1]. V'ha un pedale *P* (*Fig. I.*), che messo in moto per mezzo della leva *a Q*, gira un roc-

---

[1] Alla fine del taglio di ciascuna carica la falce si abbassa, e la si ferma sulla morsa *H*.

chetto *abc*, il quale ingrana in un'asta dentata *G H*, infitta in una tavola *G* che serve di chiusura alla quadrilunga cavità.

Allorchè vuolsi mettere in azione la macchina, la destra afferra la falce, la sinistra brandisce la crozzola *F*, tenendo ferma la macchina, il manco piede mette in moto il rocchetto, questo spinge innanzi l'asta dentata, l'asta colla sua tavoletta *G* la foglia, che allora sporge un pocolino dalla bocca della cavità, e la falce passando precide la parte sporgente. La lamina di ferro *RS* (*Figura II.*) serve di guida alla falce.

Il rocchetto che spinge l'asta dentata, siccome qui sopra si è brevemente favellato, si compone di varié parti.

Il disco *abc*, del diametro metri 0.10, porta fisso al suo lembo un risalto *d*, che va ad urtare contro i ventiquattro denti di un secondo disco concentrico del diametro metri 0.07. A questo secondo disco vi è attaccata una lanterna del diametro metri 0.05, composta di cinque cilindretti orizzontali che vanno ad ingranare i denti dell'asta. Col pedale si abbassa il braccio *aQ* infisso al primo disco, che perciò spinge, movendosi, il risalto *d* contro i denti del secondo disco, il quale non può obbedire all'impulso senza che faccia avanzare l'asta, e con essa la foglia.

La leva angolare *afno* è destinata a fermare col suo risalto *y* il minor disco, e prevenire che al rimettersi del pedale l'asta dentata possa retrocedere per la forza di espansione che naturalmente si sviluppa dalla foglia compressa. Questa leva preme contro i denti del secondo disco in forza dell'elastro $p\,q$ bene assicurato nel fondo della custodia. Il pedale poi si rimette per l'azione di un secondo elastro $fg\,h\,l\,m$ fisso alla parete longitudinale della custodia, il quale esercita il suo elaterio contro il risalto e della leva $a\,Q$. Per rimettere l'asta dentata nella prima posizione, si disimpegna con una mano il risalto d, e coll'altra si ritira facilmente l'asta medesima.

È da avvertirsi, che se la foglia vuolsi tagliare proporzionalmente all'età del baco, mercè di un piccolo ordigno la macchinetta spinge la foglia più o meno, secondo il bisogno.

Quest'ordigno consiste in una piccola morsa r a vite, che scorre per la fenditura s, in modo di accorciare al braccio $a\,Q$ il cammino; per la qual cosa si può ottenere che il risalto d del maggior disco $a\,b\,c$ passi sopra uno, due o tre denti del secondo disco, e quindi in proporzione si avanzi l'asta, e con essa la foglia: cosicchè avremo per questa semplice costruzione il taglio fino, mezzano e grosso.

Per caricare la macchina, per deporre cioè la foglia e stenderla uniformemente più ch'è possibile, s'impiegano costantemente due minuti; altri due minuti occorrono per tagliarla finamente:

basta un minuto per averla di taglio mezzano, e mezzo minuto a preciderla grossamente. Dunque il mio trinciatojo può agire quindici volte in un'ora a taglio fino, venti volte a taglio mezzano, e ventiquattro volte a taglio grosso; e per conseguenza avremo libbre 330 del primo taglio, libbre 440 del secondo, e libbre 528 del terzo ad ogni ora di lavoro.

Confrontando ora l'effetto dei trinciatoi finora usati cogli effetti del mio trinciatojo, risulta che in una bigattiera di dodici once di semente s'impiegheranno per le prime età poco più di ott'ore in vece di 130, e 20 ore circa in luogo di 170 per l'età successive; e complessivamente in vece di 300 ore di lavoro basteranno 28 all'incirca: vantaggio tanto più riflessibile, quanto che la mia macchinetta importa il modico dispendio di lire 80, potendo resistere all'uso per più lustri.

E qui s'osservi che la pressione cui deve sottostare per qualche istante la foglia, ne facilita il taglio senza pregiudizio della sua freschezza; che anzi ad ogni colpo di falce intromettendosi l'aria tra le minute particelle della foglia che cade, tutte senz'altro mezzo le sparpaglia e rinfresca.

Non debbo tacere che questo mio trinciatojo fu adottato in varie bigattiere di questa Provincia, e che i villici e i più arditi peripatetici del contado, pronti sempre a rifiutare ogni innovazione che la loro trascuraggine offenda o le loro abitudini; adducendo l'uso continuato di una falsa esperienza, o strani casi talvolta successi, e forse non esaminati abbastanza, fecero nondimeno il più cordiale accoglimento al mio trinciatojo, perchè giungeva opportuno a sollevarli da tanti giorni di lavoro. E fu allora che, dimentichi di avere per lo innanzi declamato contro il metodo di tagliare la foglia, convennero unanimi che una tale pratica fosse anzi per recare giovamento ai preziosi filugelli, giacchè potevasi oramai ottenerlo senza loro noja e fatica.

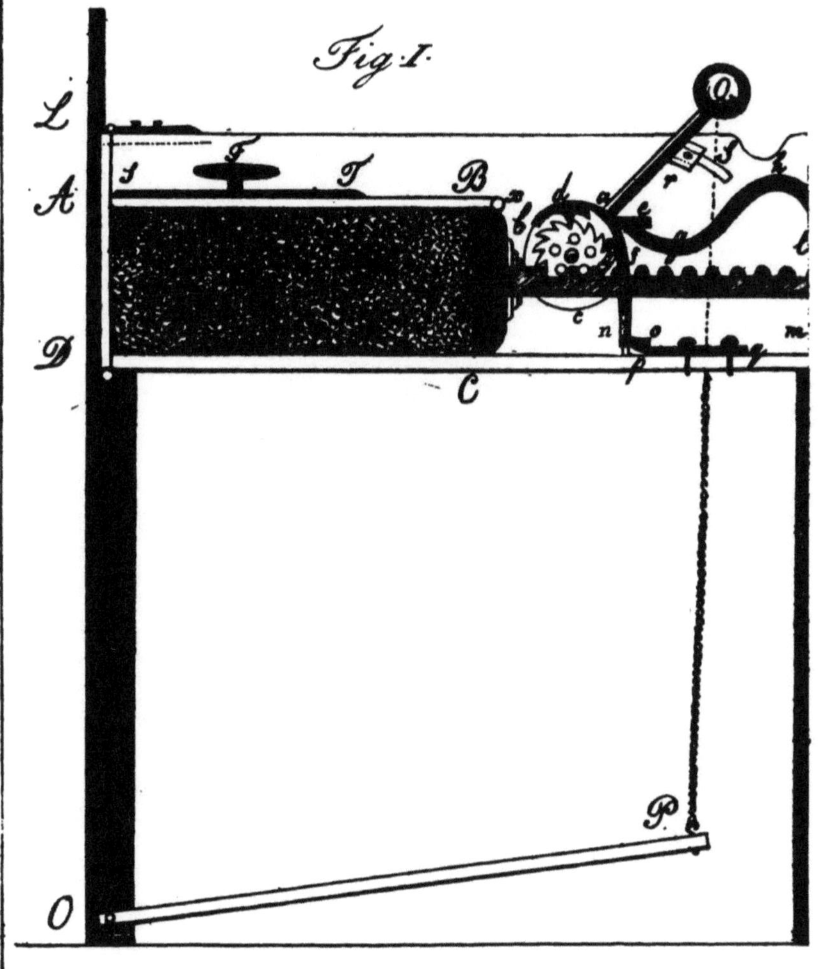

Fig. I.
L
A
D
O
C
B
P
O
P
Scala Di   0   5   15
10

Fig. II
A
B
R
D
a
b
C
E
z
5
centometre